U0113106

清·蒲松齡著

聊齋志異

六册

黄山書社

聊齋志異卷六

淄川　蒲松齡　留仙　著
新城　王士正　貽上　評

劉海石

劉海石蒲臺人避亂於濱州時十四歲與濱州生劉滄客同函丈因相善訂爲昆季無何海石失怙恃奉喪而歸音問遂闕滄客家頗裕年四十生二子長子吉十七歲爲邑名士次子亦慧滄客又內邑中倪氏女大嬖之後半年長子患腦痛卒夫妻大慘無幾何妻病又卒踰

數月長媳又死而婢僕之喪亡且相繼也滄客哀悼殆不能堪一日方坐愁間忽閽人通海石至滄客喜急出門迎以入方欲展寒溫海石忽驚曰兄有滅門之禍不知耶滄客愕然莫解所以海石曰久失聞問竊意近况未必佳也滄客泫然因以狀對海石欷歔旣而笑曰災殃未艾余初爲兄弔也然幸而遇僕請爲兄賀滄客曰久不晤豈近精越人術耶海石曰是非所長陽宅風鑑頗能習之滄客喜便求相宅海石入宅內外徧觀之已而請睹諸眷口滄客從其教使子媳婢妾俱見於堂滄

客一一指示至倪海石仰天而視大笑不已衆方驚疑但見倪女戰慄無色身暴縮短僅二尺餘海石以界方擊其首作石缶聲海石揪其髮撿腦後見白髮數莖欲拔之女縮項跪啼言即去但求勿拔海石怒曰汝凶心尚未死耶就項後拔去之女隨手而變黑色如狸衆大駭海石掇納袖中顧子婦曰媳受毒已深背上當有異請驗之婦羞不肯袒示劉子固強之見背上白毛長四指許海石以針挑出曰此毛已老七日即不可救又視劉子亦有毛裁二指曰似此可月餘死耳滄客以及婢

僕並刺之曰僕適不來一門無噍類矣問此何物曰亦狐屬吸人神氣以爲靈最利人死滄客曰久不見君何能神異如此無乃仙乎笑曰特從師習小技耳何遽云仙問其師答云山石道人適此物我不能死之將歸獻俘於師言已告別覺袖中空空駭曰亡之矣尾末有大毛未去今已遁去衆俱駭然海石曰領毛已盡不能化人止能化獸遁當不遠於是入室而相其貓出門而嗾其犬皆曰無之啟圈笑曰在此矣滄客視之多一豕聞海石笑遂伏不敢少動提耳捉出視尾上白毛一莖硬

如針方將撿拔而豕轉側哀鳴不聽拔海石曰汝造孽旣多拔一毛猶不肯耶執而拔之隨手復化爲貍納袖欲出涂客苦留乃爲一飯問後會曰此難預定我師立宏願常使我等遨遊海上拔救衆生未必無再見時及別後細思其名始悟曰海石殆仙矣山石合一岩字蓋呂仙諱也

犬燈

韓光祿大千之僕夜宿廈間見樓上有燈如明星未幾熒熒飄落及地化爲犬睨之轉舍後去急起潛尾之入

園中化爲女子心知其狐還臥故所俄女子自後來僕陽寐以觀其變女俯而撼之僕僞作醒狀問其爲誰女不答僕曰樓上燈光非子也耶女曰旣知之何問焉遂共宿止晝別宵會以爲常主人知之使二人夾僕臥二人既醒則身臥床下亦不知墮自何時主人益怒謂僕曰來時當捉之來不然則有鞭楚僕不敢言諾而退因念捉之難不捉懼罪展轉無策忽憶女子一小紅衫密著其體未肯暫脫必其要害執此可以脅之夜分女至問主人囑汝捉我乎曰良有之但我兩人情好何肯爲

此及寢陰掬其衫女急啼力脫而去從此遂絕後僕自他方歸遙見女子坐道周至前則舉袖障面僕下騎呼曰何作此態女乃起握手曰我謂子已忘舊好矣既戀戀有故人意情尚可原前事出於主命亦不汝怪也但緣分已盡今設小酌請入爲別時秋初膏粱正茂女携與俱入則中有巨第繫馬而入廳堂中酒肴已列甫坐羣婢行炙日將暮僕有事欲覆主命遂別旣出則依然田隴耳

連城

喬生晉寧人少負才名年二十餘有肝膽與顧生善顧卒時卹其妻子邑宰以文相契重宰終於任家口淹滯不能歸生破產扶柩往返二千餘里以故士林益重之而家由此日替史孝廉有女字連城工刺繡知書父嬌愛之出所刺倦繡圖徵少年題咏意在擇壻生獻詩云慵鬟高髻綠婆娑早向蘭窗繡碧荷刺到鴛鴦魂欲斷暗停針綫蹙雙蛾又贊挑繡之工云繡綫挑來似寫生幅中花鳥自天成當年織錦非長技倖把迴文感聖明女得詩喜對父稱賞父貧之女逢人輒稱道又遣媪矯

父命贈金以助燈火生嘆曰連城我知己也傾懷結想如渴思啗無何女許字於鹺賈之子王化成生始絕望然夢魂中猶佩戴之也未幾女病瘵沉痼不起有西域頭陀自謂能療但須男子膺肉一錢搗合藥屑史使人詣王家告壻壻笑曰癡老翁欲剜我心頭肉耶使返史怒言於人曰有能割肉者妻之生聞而往自出白刃封膺授僧血濡袍袴僧敷藥始止合藥三丸三日服盡疾若失史將踐其言先告王王怒欲訟官史乃設筵招生以千金列几上曰重負大德請以相報因具白背盟

之由生怫然曰僕所以不愛膺肉者聊以報知己耳豈貨肉哉拂袖而歸女聞之意良不忍託媼慰諭之且云以彼才華當不久落天下何患無佳人我夢不祥三年必死不必與人爭此泉下物也生告媼曰士爲知己者死不以色也誠恐連城未必眞知我但得眞知我不諧何害媼代女郎矢誠自剖生曰果爾相逢時當爲我一笑死無憾媼既去踰數日生偶出遇女自叔氏歸睨之女秋波轉顧啟齒嫣然生大喜曰連城眞知我者會王氏來議吉期女前症又作數月尋卒生往臨弔一痛而

絶史舁送其家生自知已死亦無所戚出村去猶冀一見連城遥望西北一道行人連緒如蟻因亦混身雜迹其中俄頃入一廨署値顧生驚問君何得來即把手將送令歸生太息言心事殊未了顧曰僕在此典牘頗得委任倘可效力不惜也生問連城顧即導生歷多所見連城與一白衣女郎淚睫慘黛藉坐廊隅見生驟起似喜畧問所來生曰卿死僕何敢生連城泣曰如此負義之人尚不吐棄之身殉何爲然已不能許君今生願矣來世耳生告顧曰有事君自去僕樂死不願生矣但

煩稽連城托生何里行與俱去耳顧諾而去白衣女郎問生何人連城爲緬述之女郎聞之若不勝悲連城告生曰此妾同姓小字賓娘長沙史太守女一路同來遂相憐愛生睨之意態憐人方欲研問而顧已返向生賀曰我爲君平章已確即令娘子從君返魂好否兩人皆喜方將拜别賓娘大哭曰姊去我安歸乞垂憐救我爲姊捧帨耳連城悽然無所爲計轉謀生生又哀顧顧難之峻辭以爲不可生固强之乃曰試妄爲之去食頃而返搖手曰何如誠萬分不能爲力矣賓娘聞之宛轉嬌

啼惟依連城肘下恐其卽去慘怛無術相對默默而睹其愁顏戚容使人肺腑酸柔顧生憤然曰請攜賓娘去脫有愆尤小生拚身受之賓娘乃喜從生出生憂其道遠無侶賓娘曰妾從君去不願歸也生曰卿太癡矣不歸何以得活他日至湖南勿復走避爲幸多矣適有兩媼攝牒赴長沙生囑之賓娘泣別而去途中連城行蹇緩里餘輒一息凡十餘息始見里門連城曰重生後懼有翻覆請索妾骸骨來妾以君家生當無悔也生然之偕歸生家女惕惕若不能步生佇待之女曰妾至此四

肢搖搖似無所主志恐不遂尚宜審謀不然生後何能自由相將入側廂中嘿定少時連城笑曰君憎妾耶生驚問其故赧然曰恐事不諧重負君矣請先以魂報也生喜極盡懽戀因徘徊不敢遽出寄廂中者三日連城曰諺有之醜婦終須見姑嫜戚戚於此終非久計乃促生入纔至靈寢豁然頓蘇家人驚異進以湯水生乃使人要史來請得連城之尸自言能活之史喜從其言方舁入室視之已甦告父曰兒已委身喬郞更無歸理如有變動但仍一死史歸遣婢往役給奉王聞具詞申理

官受賂判歸王生憤懣欲死亦無奈之連城至王家忿不飲食惟乞速死室無人則帶懸梁上越日益憊殆將奄逝王懼送歸史史復舁歸生王知之亦無如何遂安焉連城起每念賓娘欲遣信探之以道遠而艱於往一日家人入白門有車馬夫婦出視則賓娘已至庭中矣相見悲喜太守親詣送女生延入太守曰小女子賴君復生誓不他適今從其志生叩謝如禮孝廉亦至敘宗好焉生名年字大年

異史氏曰一笑之知許之以身世人或議其癡彼田橫

五百人豈盡愚哉此知希之貴賢豪所以感結而不能自已也顧茫茫海內遂使錦繡才人僅傾心於蛾眉之一笑也悲夫

王漁洋曰雅是情種不意牡丹亭後復有此人

汪士秀

汪士秀廬州人剛勇有力能舉石舂父子善蹴鞠父四十餘過錢塘溺焉積八九年汪以故詣湖南夜泊洞庭時望月東升澄江如練方眺矚間忽有五人自湖中出攜大席平鋪水面略可半畝紛陳酒饌饌器磨觸作響

然聲温厚不類陶宼已而三人踐席坐二人侍飲坐者
一衣黃二衣白頭上巾皆皂色峩峩然下連肩背制絕
奇古而月色微茫不甚可晰侍者俱墨褐衣其一似童
其一似叟也但聞黃衣人曰今夜月色大佳足供快飲
白衣者曰此夕風景大似廣利王宴梨花島時三人互
勸引爵浮白但語聲小即不可聞舟人隱伏不敢動息
汪細審侍者叟酷類父而聽其言非父聲二漏將殘忽
一人曰趁此月明宜一擊毬爲樂即見童沒水中取一
圓出大可盈抱中如水銀滿貯表裡通明坐者盡起黃

衣人呼叟共蹴之蹴起丈餘光摇摇射人眼俄而砉然
遠起飛墮舟中汪技癢極力踏去覺異常輕軟踏猛似
破騰尋丈中有漏光下射如虹蚩然疾落又如經天之
彗直投水中滾滾作沸泡聲而滅席中共怒曰何物生
人敗我清興叟笑曰不惡不惡此吾家流星拐也白衣
人嗔其語戲怒曰都方厭惱老奴何得作懽便同小烏
皮捉得狂子來不然脛股當有椎喫也汪計無所逃即
亦不畏捉刀立舟中倏見僮叟操兵來汪注視眞其父
也疾呼阿翁兒在此叟大駭相顧悽斷僮即反身去叟

曰兒無作匿不然都死矣言未已三人忽已登舟面皆漆黑睛大於榴攫叟出汪力與奪搖舟斷纜汪以刀截其臂臂落黃衣者乃逃一白衣人奔汪汪剁其顱墮水有聲鬨然俱沒方謀夜渡旋見巨喙出水面深闊若井四面湖水奔注砰砰作響俄一噴湧則浪接星斗萬舟簸蕩湖人大恐舟上有石鼓二皆重百斤汪舉一以投激水雷鳴浪漸消又投其一風波悉平汪疑父爲鬼叟曰我固未嘗死也溺江中者十九人皆爲妖物所食我以蹋圓得全物得罪於錢塘君故移避洞庭耳三人魚精所蹴魚胞也父子聚喜中夜擊棹而去天明見舟中有魚翅徑四五尺許乃悟是夜間所斷臂也

王漁洋曰此條亦恢詭

小二

滕邑趙旺夫妻奉佛不茹葷血鄉中有善人之目家稱小有一女小二絕慧美趙珍愛之年六歲使與兄長春並從師讀凡五年而熟五經焉同窗丁生字紫陌長於女三歲文采風流頗相傾愛私以意告母求婚趙氏趙期以女字大家故弗許未幾趙惑於白蓮教徒徐鴻儒既

反一家俱陷爲賊小二知書善解凡紙兵豆馬之術一見輒精小女子師事徐者六人惟二稱最因得盡傳其術趙以女故大得委任時丁年十八游滕泮矣而不肯論婚意不忘小二也潛亡去投徐麾下女見之喜優禮逾於常格女以徐高足主軍務晝夜出入父母不得閑丁每宵見嘗斥絕諸役輒至三漏丁私告曰小生此來卿知區區之意乎女云不知丁曰我非妄意攀龍所以故實爲卿耳左道無濟止取滅亡卿慧人不念此乎能從我亡則寸心誠不負矣女憮然爲間豁如夢覺曰背

親而行不義請告二人入陳利害趙不悟曰我師神人豈有舛錯女知不可諫乃易髻而髻出二紙鳶與丁各跨其一鳶肅肅振翼似鶼鶼之鳥比翼而飛質明抵萊蕪界女以指撚鳶項忽即斂墮遂收鳶更以雙衛馳至山陰里托爲避亂者僦屋而居二人草草出嗇於裝薪儲不給丁甚憂之假粟比舍莫肯貸以升斗女無愁容但質簪珥閉門靜對猜燈謎憶亡書以是角低昂負者駢二指擊腕臂焉西鄰翁姓綠林之雄也一日獵歸女曰富以其鄰我何憂暫假千金其與我乎丁以爲難女

曰我將使彼樂輸也乃剪紙作判官狀置地下覆以鷄籠然後握丁登榻煑藏酒撿周禮爲觴政任言是某冊第幾頁第幾行即共翻閱其人得食傍水傍酉傍者飲得酒部者倍之既而女適得酒人丁以巨觥引滿促釂女乃祝曰若借得金來君當得飲部丁翻卷得鱉人女大笑曰事已諧矣滴瀝授爵丁不服女曰君是水卒宜作鱉飲方喧競時聞籠中戞戞女起曰至矣啟籠驗視則布囊中有巨金纍纍充溢丁不勝愕喜後翁家媼抱兒來戲竊言主人初歸篝燈夜坐地忽暴裂深不可底

一判官自內出言我地府司隸也太山帝君會諸冥曹造暴客惡錄須銀燈千架架計重十兩施百架則消滅罪愆主人駭懼焚香叩禱奉以千金判官荏苒而入地亦遂合夫婦聽其言故嘖嘖詫異之而從此漸購牛馬蓄廝婢自營宅第里無賴子窺其富糾諸不逞踰垣劫丁丁夫婦始自夢中醒則編菅爇焰冠集滿屋二人執丁又一人探手女懷女袒而起戟指而呵曰止止盜十三人皆吐舌呆立癡若木偶女始著袴下榻呼集家人一一反接其臂逼令供吐明悉乃責之曰遠方人埋頭

澗谷冀得相扶持何不仁至此緩急人所時有窘急者不妨明告我豈積殖自封者哉豺狠之行本合盡誅但吾所不忍姑釋去再犯不宥諸盜叩謝而去居無何鴻儒就擒趙夫婦妻子俱被夷誅生賫金往贖長春之幼子以歸兒時三歲養爲己出使從姓丁名之承祧於是里中人漸知爲白蓮戚裔適蝗害稼女以紙鳶數百翼放田中蝗遠避不入其壠以是得無恙里人共嫉之羣首於官以爲鴻儒餘黨官瞰其富肉視之收丁丁以重賂啗令始得免女曰貨殖之來也苟宜有散亡然蛇蝎

之鄉不可久居因賤售其業而去之止於邑都之西鄙女爲人靈巧善居積經紀過於男子嘗開琉璃廠每進工人而指點之一切棊燈其奇式幻采諸肆莫能及以故直昂得速售居數年財益稱雄而女督課婢僕嚴食指數百無冗口暇輒與丁烹茗著棊或觀書史爲樂錢穀出入以及婢僕凡五日一課女自持籌丁爲之點籍唱名數焉勸者賞賚有差惰者鞭撻罰膝立是日給假不夜作夫妻設肴酒呼諸婢度俚曲爲笑女明察若神人無敢欺而賞輒浮於勞故事易辦村中二百餘家凡

貧者俱量給資本鄉以此無游惰值大旱女令村人設壇於野乘輿夜出禹步作法甘霖傾注五里內悉獲霑足人益神之女出未嘗障面村人皆見之或少年羣居私議其美及覿面逢之俱肅肅無敢仰視者每秋日村中童子不能耕作者授以錢使采茶蘇幾二十年積滿樓屋人竊非笑之會山左大饑人相食女乃出菜雜粟贍饑者近村賴以全活無逃亡焉

異史氏曰二所為殆天授非人力也然非一言之悟駢死已久由是觀之世抱非常之才而悞入匪僻以死者當亦不少焉知同學六人中遂無其人乎使人恨不遇丁生耳

庚娘

金大用中州舊家子也聘尤太守女字庚娘麗而賢逑好甚敦以流寇之亂家人離逷金攜家南竄途遇少年亦偕妻以逃者自言廣陵王十八願為前驅金喜行止與俱至河上女隱告金曰勿與少年同舟彼屢顧我目動而色變中叵測也金諾之王殷勤覓巨舟代金運裝劬勞臻至金不忍卻又念其攜有少婦應亦無他婦與

庚娘同居意度亦頗溫婉王坐船頭上與櫓人傾語似其熟識戚好未幾日落水程迢遞漫漫不辨南北金四顧幽險頗涉疑怪頃之皎月初升見彌望皆蘆葦既泊王邀金父子出戶一豁乃乘間擠金入水金父見之欲號舟人以篙築之亦溺生母聞聲出窺又築溺之王始喊救母出時庚娘在後已微窺之既聞一家盡溺即亦不驚但哭曰翁姑俱沒我安適歸王入勸娘子無憂請從我至金陵家中田廬頗足贍給保無虞也女收涕曰得如此願亦足矣王大悅給奉良殷既暮曳女求懽女

託體姅王乃就婦宿初更既盡夫婦喧競不知何由但聞婦曰若所為雷霆恐碎汝顱矣王乃撾婦婦呼云便死休誠不願為殺人賊婦王吼怒捽婦出便聞骨董一聲遂譁言婦溺矣未幾抵金陵導庚娘至家登堂見媼媼訝非故婦王言婦墮水死新娶此耳歸房又欲犯之庚娘笑曰三十許男子尚未經人道也市兒初合巹亦須一杯薄漿酒汝沃饒當亦不難清醒相對是何體段王喜具酒對酌庚娘執爵勸酬殷懇王漸醉辭不飲庚娘引巨椀强媚勸之王不忍拒又飲之於是酣醉裸脫

促寢庚娘撤器滅燭托言溲溺出房以刀入暗中以手索王項王猶捉臂作暱聲庚娘力切之不死號而起又揮之始殪媼髣髴有聞趨問之女亦殺之王弟十九覺焉庚娘知不免急自刎刀鈍不可入啟戶而奔十九逐之已投池中矣呼告居人救之已死麗如生共驗王尸見窗上一函開視則女備述其冤狀羣以爲烈謀斂貲作殯天明集視者數千人見其容皆朝拜之終日間得百金於是葬諸南郊好事者爲之珠冠袍服瘞藏豐備焉初金生之溺也浮片板上得不死將晚至淮上爲小

舟所救舟蓋富民尹翁專設以拯溺者金既蘇詣翁申謝翁優厚之留教其子金以不知親耗將往探訪故不決俄白撈得死叟及媼金疑是父母奔驗果然翁代營棺木生方哀痛又白拯一溺婦自言金生其夫生揮涕驚出女子已至殊非庚娘乃王十八婦也向金大哭請勿相棄金曰我方寸已亂何暇謀人婦益悲尹審得其故喜爲天報勸金納婦金以居喪爲辭且將復讎懼細弱作累婦曰如君言脫庚娘猶在將以報讎居喪去之耶翁以其言善請暫代收養金乃許之卜葬翁媼婦縗

經哭泣如喪翁姑既葬金懷刃托鉢將赴廣陵婦止之曰妾唐氏祖居金陵與豺子同鄉前言廣陵者詐也且江湖水寇半伊同黨仇不能復祇取禍耳金徘徊不知所謀忽傳女子誅讐事洋溢河渠姓名甚悉金聞之一快然益悲辭婦曰幸不污辱家有烈婦如此何忍負心再娶婦以業有成說不肯中離願自居于媵妾會有副將軍袁公與尹有舊適將西發過尹見生大相知愛請爲記室無何流寇犯順袁有大勳金以參機務敘勞授游擊以歸夫婦始成合巹之禮居數日攜婦詣金陵將

以展庚娘之墓暫過鎭江欲登金山漾舟中流欻一艇過中有一嫗及少婦怪少婦頗類庚娘舟疾過婦自窗中窺金神情益肖驚疑不敢追問急呼曰看羣鴨兒飛上天也少婦聞之亦呼云饞猧兒欲喫猫子腥耶益當年閨中之隱謔也金大驚返棹近之真庚娘也青衣扶過舟相抱哀哭傷感行旅唐氏以嫡禮見庚娘庚娘驚問金始備述其由庚娘執手曰同舟一話心常不忘不圖吳越一家矣蒙代葬翁姑所當首謝何以此禮相向乃以齒序唐少庚娘一歲妹之先自庚娘既葬自不知

幾歷春秋忽一人呼曰庚娘汝夫不死尚當重圓遂如夢醒捫之四面皆壁始悟身死已葬祇覺悶悶亦無所苦有惡少年窺其葬具豐美發塚破棺方將搜括見庚娘猶活相共駭懼庚娘恐其害己哀之曰幸汝輩來使我得睹天日頭上簪珥悉將去願鬻我爲尼更可少得直我亦不洩也盜稽首曰娘子貞烈神人共欽小人輩不過貧乏無計作此不仁但無漏言幸矣何敢鬻作尼庚娘曰此我自樂之又一盜曰鎮江耿夫人寡而無子若見娘子必大喜庚娘謝之自拔珠飾悉付盜盜不敢

受固與之乃共拜受遂載去至耿夫人家托言船風所迷耿夫人巨家寡媼自度見庚娘大喜以爲己出適母子自金山歸也庚娘緬述其故金乃登舟拜母母欵之若壻邀至其家留數日始歸後往來不絕焉

異史氏曰大變當前淫者生之貞者死焉生者裂人眥死者雪人涕耳至如談笑不驚手刃仇讐千古烈丈夫中豈多匹儔哉誰謂女子遂不可比蹤彥雲也

宮夢弼

柳芳華保定人財雄一鄉慷慨好客座上常百人急人

之急千金不靳賓友假貸常不還惟一客宮夢弼陝人
生平無所乞請每至輒經歲詞旨瀟灑柳與寢處時最
多柳子名和時總角叔之宮亦喜與和戲每和自塾歸
輒與發貼地磚埋石子僞作藏金爲笑屋五架掘藏幾
徧衆笑其行稚而和獨悅愛之尤較諸客昵後十餘年
家漸虛不能供多客之求於是客漸稀然十數人徹宵
談讌猶是常也年旣暮日益落尚割畝得直以備雞黍
和亦揮霍學父結小友柳不加禁無何柳病卒至無以
治凶具宮乃自出囊金爲柳經紀和益德之事無大小

悉委宮叔宮時自外入必袖瓦礫至室則拋擲暗陬更
不解其何意和每對宮憂貧宮曰子不知作苦之難無
論無金卽授汝千金可立盡也男子患不自立何患貧
一日辭欲歸和泣囑速返宮諾之遂去和貧不自給典
質漸空日望宮至一爲紀理而宮滅迹匿影去如黃鶴
矣先自柳生時爲和論親于無極黃氏素封也後聞柳
貧陰有悔心柳卒訃告之卽亦不弔猶以道遠曲原之
和服除母遣自詣岳所訂昏期冀黃憐顧比至黃聞其
衣履敝穿斥門者不納寄語云歸謀百金可復來不然

請自此絕和聞痛哭對門劉媼憐而進之食贈錢三百慰令歸母亦哀憤無策因念舊客負欠者十常八九俾擇富厚者求助焉和曰昔之交我者爲我財耳使兒駟馬高車假千金亦匪難如此景象誰猶念曩恩憶故好耶且父予人金貲曾無契保責負亦難憑也母故強之和從教凡二十餘日不能致一文惟優人李四舊受恩卹聞其事義贈一金母子痛哭自此絕望矣黃女已及笄聞父絕和竊不直之黃欲女別適女泣曰柳郎非生而貧者也使富倍他日豈讎我者所能奪乎今貧而棄之不仁黃不悅曲諭百端女終不搖翁嫗並怒旦夕唾罵之女亦安焉無何夜遭寇劫黃夫婦炮烙幾死家中席捲一空荏苒三載家益零替有西賈聞女美願以五十金致聘黃利而許之將強奪其志女察知其謀毀裝塗面乘夜遁去丐食於途閱兩月始達保定訪和居址直造其家母以爲乞人婦故咄之女嗚咽自陳母把手泣下曰兒何形骸至此耶女又慘然而告以故母子俱哭便爲盥沐顏色光澤眉目煥映母子俱喜然家三口日僅一啗母泣曰吾母子固應爾所憐者負吾賢婦

女笑慰之曰新婦在乞人中稔其況味今日視之覺有天堂地獄之別毋爲解頤女一日入閒舍中見斷草叢叢無隙地漸入內室塵埃積中暗陬有物堆積蹴之迕足拾視皆朱提驚走告和和同往驗視則宮曩日所拋瓦礫盡爲白金因念兒時嘗與瘞石室中得毋皆金而故第已典於東家急贖歸斷磚殘缺所藏石子儼然露焉頗覺失望及發他磚則粲粲皆白鏹也頃刻間數巨萬矣由是贖田產市奴僕門庭華好過昔日因自奮曰若不自立負我宮叔刻志下帷三年中鄉選乃躬賫百

金往酬劉媼鮮衣射目僕十餘輩皆騎怒馬如龍媼僅一屋和便坐榻上人譁馬騰充溢里巷黃翁自女亡失西賈逼退聘財業已耗去殆半售居宅始得償以故困窘如和曩日聞舊壻烜赫閉戶自傷而已媼沽酒備饌款和因述女賢且惜女遁問和娶否和曰娶矣食已强媼往視新婦載與俱歸至家女華妝出羣婢簇擁若仙相見大駭遂敘往舊殷問父母起居居數日款洽優厚製好衣上下一新始送令返媼詣黃許報女耗兼致存問夫婦大驚媼勸往投女黃有難色既而凍餒難堪

不得已如保定旣到門見閽閾峻麗閽者怒目張終日不得通一婦人出黃溫色卑詞告以姓氏求㗛達女知少間婦出導入耳舍曰娘子極欲一覲然恐郎君知尚候隙也翁幾時來此得勿飢否黃因訴所苦婦入以酒一盛饌二簋出置黃前又置五金曰郎君宴房中娘子恐不得來明旦宜早出勿爲郎聞黃諾之早起趣裝則管鑰未啟止於門中坐襆囊以待忽譁主人出黃將斂避和已睹之怪問誰何家人悉無以應和怒曰是必奸宄可執赴有司衆應聲出短綆繃繫樹間黃慚懼不知

置詞未幾昨夕婦出跪曰是某舅氏以前夕來晚故未告主人和命釋縛婦送出門曰忘囑門者遂致參差娘子言相思時可使老夫人僞爲賣花者同劉媼來黃諾歸述於嫗嫗念女急以告劉媼媼果與俱至和家凡啟十餘關始達女所女著帔頂髻珠翠綺紈香氣撲人嚶嚀一聲大小婢媼奔入滿側移金椅牀置雙夾膝慧婢瀹茗各以隱語道寒暄相視淚熒至晚除室安二媼裀褥溫耎並昔年富時所未經居三五日女意殷渥媼輒引空處泣白前非女曰我子母有何過不忘但郎忿不

觧妨他聞也每和至便走匿一日方促膝坐和遽入見
之怒詬曰何物村嫗敢引身與娘子接坐宜撮鬢毛令
盡劉媼急進曰此老身瓜葛王嫂賣花者幸勿罪責和
乃上手謝過即坐曰姥來數日我大忙未得展叙黃家
老畜產尚在否荅曰都佳但是貧不可過官人大富貴
何不一念翁壻情也和擊桌曰曩年非姥憐賜一甌粥
更何得旋鄉土今欲得而寢處之何念焉言至忿際輒
頓足起罵女恚曰彼即不仁是我父母我迢迢遠來手
皴瘃足趾皆穿亦自謂無負君何乃對子罵父使人難
堪和始斂怒起身去黃嫗愧喪無色辭欲歸女以廿金
私付之既歸曠絕音問女深以為念和乃遣人招之夫
妻至慚怍無以自容和謝曰舊歲辱臨又不明告遂使
開罪良多黃但唯唯和為更易衣履留月餘黃心終不
自安數告歸和遺白金百兩曰西賈五十金我今倍之
黃汗顏受之和以輿馬送還暮歲稱小封焉
異史氏曰雍門泣後朱履杳然令人憤氣杜門不欲復
交一客然良朋葬骨化石成金不可謂非慷慨好客之
報也閨中人坐享高奉儼然如嬪嬙非貞異如黃卿孰

克當此而無愧者乎造物之不妄降福澤也如是

鄉有富者居積取盈搜算入骨窖鏹數百惟恐人知故衣敗絮啗糠粃以示貧親友偶來亦曾無作雞黍之事或言其家不貧便目作努其讎如不戴天暮年日餐榆屑一升臂上皮摺垂一寸長而所窖終不肯發後漸尩羸瀕死兩子環問之猶未遽告迨覺果危急欲告子子至已舌蹇不能聲惟爬抓心頭呵呵而已死後子孫不能具棺遂藁葬焉嗚呼若窖金而以爲富則大帑數千萬何不可指爲我有哉愚已

狐妾

萊蕪劉洞九官汾州獨坐署中聞庭外笑語漸近入室則四女子一四十許一可三十一二十四五已來末後一垂髫者並立几前相視而笑劉固知官署多狐置不顧少間垂髫者出一紅巾戲拋面上劉拾擲窗間仍不顧四女一笑而去一日年長者來謂劉曰舍妹與君有緣願無棄葑菲劉漫應之女遂去俄偕一婢擁垂髫兒來俾與劉並肩坐曰一對好鳳侶今夜諧花燭勉事劉郎我去矣劉諦視光豔無儔遂與燕好詰其行蹤女曰

妾固非人而實亦人也妾前官之女蠱於狐奄忽以死窆園內衆狐以術生我遂飄然若狐劉因以手探尻際女覺之笑曰君將無謂狐有尾耶轉身云請試捫之自此遂留不去每行坐與小婢俱家人俱尊以小君禮婢媼叅謁賞賚甚豐値劉壽辰賓客煩多共三十餘筵須庖人甚衆先期牒拘僅一二到者劉不勝恚女知之便言勿憂庖人既不足用不如並其來者遣之妾固短於才然三十席亦不難辦劉喜命以魚肉薑桂悉移內署家中人但聞刀砧聲繁碎不絕門內設一几行炙者置

柈其上轉視則肴俎已滿托去復來十餘人絡繹於道取之不竭末後行炙人來索湯餅內言曰主人未嘗預囑咄嗟何以辦既而曰無已其假之少頃呼取湯餅視之三十餘碗蒸騰几上客既去乃謂劉曰可出金貲償某家湯餅劉使人將直去則其家失湯餅方共驚異使至疑始解一夕夜酌偶思山東苦醁女請取之遂出門去移時返曰門外一罌可供數日飲劉視之果得酒眞家中甕頭春也越數日夫人遣二僕如汾途中一僕曰聞狐夫人犒賞優厚此去得賞金可買一裘女在署已

知之向劉曰家中人將至可恨傖奴無禮必報之明日僕甫入城頭大痛至署抱首號呼共擬進醫藥劉笑曰勿須療時至當自瘥衆疑其獲罪小君僕自思初來未解裝罪何由得無所告訴漫膝行而哀之簾中語曰爾謂夫人則亦已耳何謂狐也僕乃悟叩不已又曰既欲得裘何得復無禮已而曰汝愈矣言已僕病若失僕拜欲出忽自簾中擲一裹出曰此一羔羊裘也可將去僕解視得五金劉問家中消息僕言都無事惟夜失藏酒一甖稽其時日即取酒夜也羣憚其神呼之聖仙劉為

繪小像時張道一為提學使聞其異以桑梓誼詣劉欲乞一面女拒之劉示以像張強攜而去歸懸左右朝夕祝之云以卿麗質何之不可乃托身於鬖鬖之老下官殊不惡於洞九何不一惠顧女在署忽謂劉曰張公無禮當小懲之一日張方祝似有人以界方擊額崩然甚痛大懼反卷劉詰之使隱其故而詭對之劉笑曰主人額上得無痛否使不能欺以實告無何壻亓生來請覲之女固辭亓請之堅劉曰壻非他人何拒之深女曰壻相見必當有以贈之渠望我奢自度不能滿其志故適

不欲見耳旣固請之乃許以十日見及期亓入隔簾揖之少致存問儀容隱約不敢審諦旣退數步之外輒回眸注盼但聞女言曰阿壻回首矣言已大笑烈烈如鴞鳴亓聞之脛股皆軟搖搖然若喪魂魄旣出坐移時始稍定乃曰適聞笑聲如聽霹靂竟不覺身爲已有少頃婢以女命贈亓二十金亓受之謂婢曰聖仙日與丈人居寧不知我素性揮霍不貫使小錢耶女聞之曰我固知其然囊底適罄向結伴至汴梁其城爲河伯占據庫藏皆沒水中入水各得些須何能飽無饜之求且我縱

能厚餽彼福薄亦不能任女凡事能先知之遇有疑難與議無不剖一日並坐忽仰天大驚曰大刼將至爲之奈何劉驚問家口曰餘悉無恙獨二公子可慮此處不久當爲戰場君當求差遠去庶免於難劉從之乞於上官得解餉雲貴間道里遼遠聞者弔之而女獨賀無何姜瓖叛汾州沒爲賊窟劉仲子自山東來適遭其變遂被害城陷官僚皆罹於難唯劉以公出得免盜平劉始歸尋以大案罣悞貧至饔飧不給而當道者又多所需索因而窘憂欲死女曰勿憂牀下三千金可資用度劉

不欲見耳既固請之乃許以十日見及期亓入隔簾揖之少致存問儀容隱約不敢審諦既退數步之外輒回眸注盼但聞女言曰阿壻回首矣言已大笑烈烈如鴞鳴亓聞之脛股皆軟摇摇然若喪魂魄既出坐移時始稍定乃曰適聞笑聲如聽霹靂竟不覺身爲己有少頃婢以女命贈亓二十金亓受之謂婢曰聖仙日與丈人居寧不知我素性揮霍不貫使小錢耶女聞之曰我固知其然囊底適罄向結件至汴梁其城爲河伯占據庫藏皆没水中入水各得些須何能飽無饜之求且我縱

能厚餽彼福薄亦不能任女凡事能先知之遇有疑難與議無不剖一日並坐忽仰天大驚曰大刼將至爲之奈何劉驚問家口曰餘悉無恙獨二公子可慮此處不久當爲戰場君當求差遠去庶免於難劉從之乞於上官得解餉雲貴間道里遼遠聞者弔之而女獨賀無何姜瓖叛汾州没爲賊窟劉仲子自山東來適遭其變遂被害城陷官僚皆罹於難唯劉以公出得免盜平劉始歸尋以大案罣悞貧至饔飱不給而當道者又多所需索因而窘憂欲死女曰勿憂牀下三千金可資用度劉

大喜問竊之何處曰天下無主之物取之不盡何庸竊乎劉營謀得脫歸女從之後數年忽去紙裹數事留贈中有喪家挂門之小旛長二寸許羣以爲不祥劉尋卒

雷曹

樂雲鶴夏平子二人少同里長同齋相交莫逆夏少慧十歲知名樂虛心事之夏亦相規不勌樂文思日進由是名並著而潦倒場屋戰輒北無何夏遘疫卒家貧不能葬樂銳身自任之遺襁褓子及未亡人樂以時恤諸其家每得升斗必析而二之夏妻子賴以活於是士大

夫益賢樂樂恒產無多又代夏生憂內顧家計日蹙乃嘆曰文如平子尚碌碌以歿而況於我人生富貴須及時戚戚終歲恐先狗馬塡溝壑負此生矣不如早自圖也於是去讀而賈操業半年家資小泰一日客金陵休於旅舍見一人頎然而長筋骨隆起傍徨座側色黯淡有戚容樂問欲得食也耶其人亦不語樂推食食之則以手掬啗頃刻已盡樂又益以兼人之饌食復盡遂命主人割豚肩堆以蒸餅又盡數人之餐始果腹而謝曰三年以來未嘗如此飫飽樂曰君固壯士何飄泊如此

大喜問竊之何處曰天下無主之物取之不盡何庸竊乎劉營謀得脫歸女從之後數年忽去紙裹數事留贈中有喪家挂門之小旛長二寸許羣以爲不祥劉尋卒

雷曹

樂雲鶴夏平子二人少同里長同齋相交莫逆夏少慧十歲知名樂虛心事之夏亦相規不勌樂文思日進由是名並著而潦倒塲屋戰輒北無何夏遘疫卒家貧不能葬樂銳身自任之遺襁褓子及未亡人樂以時恤諸其家每得升斗必析而二之夏妻子賴以活於是士大

夫益賢樂樂恒產無多又代夏生憂內顧家計日蹙乃嘆曰文如平子尚碌碌以歿而況於我人生富貴須及時戚戚終歲恐先狗馬塡溝壑負此生矣不如早自圖也於是去讀而賈操業半年家資小泰一日客金陵休於旅舍見一人頎然而長筋骨隆起傍徨座側色黯淡有戚容樂問欲得食也耶其人亦不語樂推食食之則以手掬啗頃刻已盡樂又益以兼人之饌食復盡遂命主人割豚肩堆以蒸餅又盡數人之餐始果腹而謝曰三年以來未嘗如此飫飽樂曰君固壯士何飄泊如此

曰罪嬰天譴不可說也問其里居曰陸無屋水無舟朝村而暮郭耳樂整裝欲行其人相從戀戀不去樂辭之告曰君有大難吾不忍忘一飯之德樂異之遂與偕行途中曳與同餐辭曰我終歲僅數餐耳益奇之次日渡江風濤暴作估舟盡覆樂與其人悉沒江中俄風定其人負樂踏波出登客舟又破浪去少時挽一船至扶樂入囑樂臥守復躍入江以兩臂夾貨出擲舟中又入之數入數出列貨滿舟樂謝曰君生我亦良足矣敢望珠還哉撿視貨財並無亡失益喜驚爲神人放舟欲行其

人告退樂苦留之遂與共濟樂笑云此一厄也止失一金簪耳其人欲復尋之樂方勸止已投水中而沒驚愕良久忽見含笑而出以簪授樂曰幸不辱命江上人罔不駭異樂與歸寢處共之每十數日始一食食則啖嚼無算一日又言別樂固挽之適晝晦欲雨聞雷聲樂曰雲間不知何狀雷又是何物安得至天上視之此疑乃可解其人笑曰君欲作雲中遊耶少時樂倦甚伏榻假寐既醒覺身搖搖然不似榻上開目則在雲氣中周身如絮驚而起暈如舟上踏之耎無地仰視星斗在眉目

間遂疑是夢細視星嵌天上如蓮實之在蓬大者如甕次如瓿小如盎盂以手撼之大者堅不可動小者動搖似可摘而下者遂摘其一藏袖中撥雲下視則銀海蒼茫見城郭如豆愕然自念設一脫足此身何可復問俄見二龍天矯駕幔車來尾一掉如鳴牛鞭車上有器圍皆數丈貯水滿之有數十人以器掬水徧灑雲間忽見樂共怪之樂審所與壯士在焉語衆曰是吾友也因取一器授樂令灑時苦旱樂接器排雲約望故鄉盡情傾注未幾謂樂曰我本雷曹前悞行雨罰謫三載今天限已滿請從此別乃以駕車之繩萬尺使握端縋下樂危之其人笑言不妨樂如其言飀飀然瞬息及地視之則墮立村外繩漸收入雲中不可見矣時久旱十里外雨僅盈指獨樂里溝澮皆滿歸探袖中摘星仍在出置案上黯黝如石入夜則光明煥發映照四壁益寶之什襲而藏每有佳客出以照飲正視之則條條射目一夜妻坐對握髮忽見星光漸小如螢流動橫飛妻方怪咤已入口中咯之不出竟已下咽愕奔告樂樂亦奇之既寢夢夏平子來曰我少微星也君之惠好在中不忘又蒙

自天上攜歸可云有緣今爲君嗣以報大德樂三十無子得夢甚喜自是妻果娠及臨蓐光耀滿室如星在几上時因名星兒機警非常十六歲及進士第

異史氏曰樂子文章名一世忽覺蒼蒼之位置我者不在是遂棄毛錐如脫屣此與燕頷投筆者何以少異至雷曹感一飯之德少微酬良友之知豈神人之私報恩施哉乃造物之公報賢豪耳

賭符

韓道士居邑中之天齊廟多幻術共名之仙先子與最善每適城輒造之一日與先叔赴邑擬訪韓適遇諸途韓付鑰曰請先往啟門坐少旋我即至乃如其言詣廟發扃則韓已坐室中諸如此類甚多先是有敝族人嗜賭博因先子亦識韓値天佛寺來一僧專事樗蒲賭甚豪族人見而悅之罄貲往賭大虧心益熱典質田產復往終夜盡喪邑邑不得志便道詣韓精神慘淡言語失次韓問之具以實告韓笑云常賭無不輸之理倘能戒賭我爲汝復之族人曰倘得珠還合浦花骨頭當鐵杵碎之韓乃以紙書符授佩衣帶間囑曰但得故物即已

勿得隴復望蜀也又付千錢約贏而償之族人大喜而往僧驗其貲易之不屑與賭族人強之請以一擲爲期僧笑而從之乃以千錢爲孤注僧擲之無勝負族人接色一擲成采僧復以兩千爲注又敗漸增至十餘千明明梟色呵之皆成盧雉計前所輸頃刻盡復陰念再贏數千亦佳乃復博則色漸劣心怪之起視帶上則符已亡矣大驚而罷載錢歸廟除償韓外追而計之並末後所失適符原數也已乃愧謝失符之罪韓笑曰已在此矣固囑勿貪而君不聽故取之

異史氏曰天下之傾家者莫速於博天下之敗德者亦莫甚於博入其中者如沉迷海將不知所底矣夫商農之人具有本業詩書之士尤惜分陰負耒橫經固成家之正路清談薄飲猶寄興之生涯爾乃狎比淫朋纏綿永夜傾囊倒篋懸金於嶮巇之天呵雉呼盧乞靈於淫昏之骨盤旋五木似走圓珠手握多張如擎團扇左覷人而右顧已望穿鬼子之睛陽示弱而陰用強費盡魍魎之技門前賓客待猶戀戀於場頭舍上烟火生尚眈眈於盆裏忘飡廢寢則久入成迷舌敝唇焦則相看似

鬼迫失全軍盡沒熱眼空窺視局中則叫號濃焉技癢英雄之臆顧橐底而貫索空矣灰寒壯士之心引頸徘徊覺白手之無濟垂頭蕭索始元夜以方歸幸交謫之人眠恐驚犬吠苦久虛之腹餓敢怨羹殘既而鬻子質田冀還珠於合浦不意火灼毛盡終撈月於滄江及遭敗後我方思已作下流之物試問賭中誰最善羣推無袴之公甚而枵腹難堪遂棲身於暴客搔頭莫度至仰給於香奩嗚呼敗德喪行傾產亡身孰非博之一途致之哉

阿霞

文登景星者少有重名與陳生比鄰而居齋隔一短垣一日陳暮過荒落之墟聞女子啼松柏間近臨則樹橫枝有懸帶若將自經陳詰之揮涕而對曰母遠去托妾於外兄不圖狼子野心畜我不卒伶仃如此不如死言已復泣陳解帶勸令適人女慮無可託者陳請暫寄其家女從之既歸挑燈審視丰韻殊絕大悅欲亂之女厲聲抗拒紛紜之聲達於間壁景生踰牆來窺陳乃釋女女見景凝眸停睇久乃奔去二人共逐之不知去向景

歸閣戶欲寢則女子盈盈自房中出驚問之荅曰彼德薄福淺不可終託景大喜詰其姓氏曰妾祖居於齊爲齊姓小字阿霞入以游詞笑不甚拒遂與寢處齋中多友人來往女恒隱閉深房過數日曰妾姑去此處繁雜困人甚繼今請以夜卜問家何所曰正不遠耳遂早去夜果復來懽愛綦篤又數日謂景曰我兩人情好雖佳終屬苟合家君宦遊西疆明日將從母去容即乘間稟命而相從以終焉問幾日別約以旬終既去景思齋居不可常移諸內又慮妻妒計不如出妻志遂決妻至輒

詬厲妻不堪其辱涕欲死景曰死恐見累請蚤歸遂促妻行妻啼曰從子十年未嘗有失德何決絕如此景不聽逐愈急妻乃出門去自是堊壁清塵引領翹待不意信杳青鸞如石沉海妻大歸後數浼知交請復於景景不納遂適夏侯氏夏侯里居與景接壤以田畔之故世有郤景聞益大恚恨然猶冀阿霞復來差足自慰越年餘並無踪緒會海神壽祠內外士女雲集景亦在遙見一女甚似阿霞景近之入於人中從之出於門外又從之飄然竟去景追之不及恨悒而返後半載適行於途

見一女郎著朱衣從蒼頭鞚黑衛來望之霞也因問從人娘子爲誰荅言南村鄭公子繼室又問娶幾時矣曰半月耳景思得毋悞耶女郎聞語回眸一睇景視眞霞見其已適他姓憤塡胸臆大呼霞娘何忘舊約從人聞呼主婦欲奮老拳女急止之啟障紗謂景曰負心人何顏相見景曰卿自負僕僕何嘗負卿女曰負夫人甚於負我結髮者如是而況其他向以祖德厚名列桂籍故委身相從今以棄妻故冥中削爾祿秩今科亞魁王昌替汝名者也我已歸鄭君無勞復念景俛首帖耳口不

能道詞視女子策蹇去如飛悵恨而已是科景落第亞魁果王氏昌名鄭亦捷景以是得薄倖名四十無偶家益替恒趁食於親友家偶詣鄭鄭款之留宿焉女窺客見而憐之問鄭曰堂上客非景慶雲耶問所自識曰未適君時曾避難其家亦深得其豢養彼行雖賤而祖德未斬且與君爲故人亦宜有綈袍之義鄭然之易其敗絮留以數日夜分欲寢有婢持廿餘金贈景女在牕外言曰此私貯聊酬夙好可將去覓一良匹幸祖德厚尚足及子孫無復喪檢以促餘齡景感謝之旣歸以十餘

金買縉紳家婢甚醜悍舉一子後登兩榜鄭官至吏部郎既沒女送葬歸啟輿則虛無人矣始知其非人也噫人之無良舍其舊而新是謀卒之巢覆而鳥亦飛天之所報亦慘矣

毛狐

農子馬天榮年二十餘喪偶貧不能娶偶芸田間見少婦盛妝踐禾越陌而過貌赤色致亦風流馬疑其迷途顧四野無人戲挑之婦亦微笑欲與野合曰青天白日寧宜爲此子歸掩門相候昏夜我當至馬不信婦矢之

馬乃以門戶向背具告之婦乃去夜分果至遂相悅愛覺其膚肌嫩甚火之膚赤薄如嬰兒細毛徧體異之又疑其踪跡無據自念得非狐耶遂戲相詰婦亦自認不諱馬曰既爲仙人自當無求不得既蒙繾綣寧不以數金濟我貧婦諾之次夜來馬索金婦故愕曰適忘之將去馬又囑至夜問所乞或又忘耶婦笑請以異日踰數日馬復索婦笑向袖中出白金二錠約五六金翹邊細紋雅可愛玩馬喜深藏於櫝積半歲偶需金因持示人人曰是錫也以齒齕之應口而落馬大駭收藏而歸至

夜婦至憤致誚讓婦笑曰子命薄眞金不能任也一笑
而罷馬曰聞狐仙皆國色殊亦不然婦曰吾等皆隨人
現化子且無一金之福落鴈沉魚何能消受以我蠢陋
固不足以奉上流然較之大足駝背者卽爲國色過數
月忽以三金贈馬曰子屢相索我以子命不應有藏金
今媒聘有期請以一婦之貲相餽亦借以贈別馬自白
無聘婦之說婦曰一二日自當有媒來馬問所言姿貌
何如曰子思國色自當是國色馬曰此卽不敢望但三
金何能買婦婦曰此月老註定非人力也馬問何遽言

別曰戴月披星終非了局使君自有婦搪塞何爲天明
而歸授黃末一刀圭曰別後恐病服此可療次日果有
媒來先詰女貌荅在妍媸之間聘金幾何約四五數馬
不難其價而必欲一親見其人媒恐良家子不肯衒露
既而約與俱去相機因便既至其村媒先往使馬待諸
村外久之來曰諧矣余表親與同院居適往見女坐室
中請卽僞爲謁表親者而過之咫尺可相窺也馬從之
果見女子坐堂中伏體於牀倩人搔背馬趨過掠之以
目貌誠如媒言及議聘並不爭直但求得一二金妝女

出閣馬益廉之乃納金並酬媒氏及書劵者計三兩已盡亦未多費一文擇吉迎女歸入門則胸背皆駝項縮如龜下視裙底蓮船盈尺乃悟狐言之有因也

異史氏曰隨人現化或狐女之自爲解嘲然其言福澤良可深信余每謂非祖宗數世之修行不可以博高官非本身數世之修行不可以得佳人信因果者必不以我言爲河漢也

青梅

白下程生性磊落不爲畛畦一日自外歸緩其束帶覺

帶端沉沉若有物墮視之無所見宛轉間有女子從衣後出掠髮微笑麗絕程疑其鬼女曰妾非鬼狐也程曰倘得佳人鬼且不懼而況於狐遂與狎二年生一女小字青梅每謂程勿娶我且爲君生男程信之遂不娶戚友共誚姍之程志奪聘湖東王氏狐聞之怒就女乳之委於程曰此汝家賠錢貨生之殺之俱由爾我何故代人作乳媼乎出門逕去青梅長而慧貌韶秀酷肖其母既而程病卒王再醮去青梅寄食於堂叔叔蕩無行欲鬻以自肥適有王進士者方候銓於家聞其慧購以重

金使從女阿喜服役喜年十四容華絕代見梅忻悅與
同寢處梅亦善候能以目聽以眉語由是一家俱憐愛
之邑有張生字介受家窶貧無恒產稅居王第性純孝
制行不苟又篤於學青梅偶至其家見生據石啗糠粥
入室與生母絮語見案上具豚蹄焉時翁臥病生入抱
父而私便液汚衣翁覺之而自恨生掩其跡急出自濯
恐翁知梅以此大異之歸述所見謂女曰吾家客非常
人也娘子不欲得良匹則已欲得良匹張生其人也女
恐父厭其貧梅曰不然是在娘子如以爲可妾潛告使

求伐爲夫人必召商之但應之曰諾也則諧矣女恐終
貧爲天下笑梅曰妾自謂能相天下士必無謬悮明日
往告張媼媼大驚謂其言不祥梅曰小姐聞公子而賢
之也妾故窺其意以爲言冰人往我兩人袒爲計合允
遂縱其否也於公子何辱乎媼曰諾乃托侯氏賣花者
往夫人聞之而笑以告王王亦大笑喚女至述侯氏意
女未及荅青梅亟贊其賢決其必貴夫人又問曰此汝
百年事如能啜糠覈也卽爲汝允之女俯首久之顧壁
而荅曰貧富命也倘命之厚則貧無幾時而不貧者無

窮期矣或命之薄彼錦繡王孫其無立錐者豈少哉是在父母初王之商女也將以博笑及聞女言心不樂曰汝欲適張氏耶女不荅再問再不荅怒曰賤骨了不長進欲攜筐作乞人婦寧不羞死女漲紅氣結含涕引去媒亦遂奔青梅見不諧欲自媒過數日夜詣生生方讀驚問所來詞涉吞吐生正色卻之梅泣曰妾良家子非淫奔者徒以君賢故願自託生曰卿愛我謂我賢也昏夜之行自好者不爲而謂賢者爲之乎夫始亂之而終成之君子猶曰不可況不能成彼此何以自處梅曰萬

一能成肯賜援拾否生曰得人如卿又何求但有不可如何者三故不敢輕諾耳曰若何曰卿不能自主則不可如何卽能自主我父母不樂則不可如何卽樂之而卿之身直必重我貧不能措則尤不可如何卿速退瓜李之嫌可畏也梅臨去又囑曰君倘有意乞共圖之生諾梅歸女詰所往遂跪而自投女怒其淫奔將施扑責梅泣白無他因而實告女歎曰不苟合禮也必告父母孝也不輕然諾信也有此三德天必佑之其無患貧也已既而曰子將若何曰嫁之女笑曰癡婢能自主耶曰

不濟則以死繼之女曰我必如所願梅稽首而拜之又數日謂女曰曩言之戲乎抑果欲慈悲也果爾則尚有微情並祈垂憐焉女問之荅曰張生不能致聘婢子又無力可以自贖必取盈焉嫁我猶不嫁也女沉吟曰是非我之能爲力矣我曰嫁汝且恐不得當而曰必無取直焉是大人所必不允亦余所不敢言也青梅聞之泣數行下但求憐拯女思良久曰無已我私蓄數金當傾囊相助梅拜謝因潛告張張母大喜多方乞貸共得如干數藏待好音會王授曲沃宰喜乘閒告母曰青梅

年已長今將涖任不如遣之夫人固以青梅太黠恐導女不義每欲嫁之而恐女不樂也聞女言甚喜踰兩日有傭保婦白張氏意王笑曰是只合耦婢子前此何妄也然鬻媵高門價當倍於曩昔女急進曰青梅侍我久賣爲妾良不忍王乃傳語張氏仍以原金署劵以青梅嬪於生入門孝翁姑曲折承順尤過於生而操作更勤饜糠粃不爲苦由是家中無不愛敬青梅梅又以刺繡作業售且速賈人候門以購惟恐弗得得貲稍可御窮且勸勿以內顧悞讀經紀皆自任之因主人之任往別

阿喜喜見之泣曰子得所矣我固不如梅曰是何人之賜而敢忘之然以爲不如婢子恐促婢子壽遂泣相別王如晋半載夫人卒停柩寺中又二年王坐行賕免罰贖萬計漸貧不能自給從者逃散是時疫大作王染疾亦卒惟一媼從女未幾媼亦卒女伶仃益苦有鄰嫗勸之嫁女曰能爲我葬雙親者從之媼憐之贈以斗米而去半月復來曰我爲娘子極力事難合也貧者不能爲而葬富者又嫌子爲凌夷嗣柰何尚有一策但恐不能從也女曰若何曰此間有李郎欲覓側室倘見姿容即

遣厚葬必當不惜女大哭曰我縉紳裔而爲人妾也耶媪無言遂去日僅一餐延息待價居半年益不可支一日媼至女泣告曰困頓如此每欲自盡猶戀戀而苟活者徒以有兩柩在已將轉溝壑誰收親骨者故思不如依汝所言也媼於是導李來微窺女大悅即出金營葬雙槥具舉已乃載女去入參冢室冢室故悍妒李初未敢言妾但托買婢及見女暴怒杖逐而去不聽入門女披髮零涕進退無所有老尼過邀與同居女喜從之至菴中拜求祝髮尼不可曰我視娘子非久臥風塵者菴

中陶器脫粟粗可自支姑寄此以待之時至子自去居無何市中無賴窺女美輒打門游語爲戲尼不能制止女號泣欲自死尼往求吏部某公揭示嚴禁惡少始稍斂迹後有夜穴寺壁者尼驚呼始去因復告吏部捉得首惡者送郡笞責始漸安又年餘有貴公子過菴見女驚絕强尼通殷勤又以厚賂啗尼尼婉語之曰渠簪纓胄不甘媵御公子且歸遲遲當有以報命旣去女欲乳藥求死夜夢父來疾首曰我不從汝志致汝至此悔之已晚但緩須臾勿死夙願尚可復酬女異之天明盥已

尼望之而驚曰睹子面濁氣盡消橫逆不足憂也福且至勿忘老身矣語未已聞叩戶聲女失色意必貴家奴尼啟扉果然奴驟問所謀尼甘語承迎但請緩以三日奴述主言事若無成俾尼自復命尼唯唯敬應謝令去女大悲又欲自盡尼止之女慮三日復來無詞可應尼曰有老身在斬殺自當之次日方晡暴雨翻盆忽聞數人撾戶大譁女意變作驚怯不知所爲尼冒雨啟關見有香輿停駐女奴數輩捧一麗人出僕從煊赫冠蓋甚都驚問之云是司理內眷暫避風雨導入殿中移榻肅

坐家人婦羣奔禪房各尋休憩入室見女艷之走告夫人無何雨息夫人起請窺禪舍尼引入睹女駭絕凝眸不瞬女亦顧盼良久夫人非他蓋青梅也各失聲哭因道行踪蓋張翁病故生起復後連捷授司理生奉母之任後移諸眷口女歎曰今日相看何啻霄壤梅笑曰幸娘子挫折無偶天正欲我兩人完聚耳倘非阻雨何以有此邂逅此中具有鬼神非人力也乃取珠冠錦衣催女易粧女俯首徘徊尼從中贊勸之女慮同居其名不順梅曰昔日自有定分婢子敢忘大德試思張郎豈負

義者强粧之别尼而去抵任母子皆喜女拜曰今無顏見母母笑慰之因謀涓吉合巹女曰菴中但有一絲生路亦不肯從夫人至此倘念舊好得受一廬可容蒲團足矣梅笑而不言及期抱艷妝來女左右不知所可俄聞鼓樂大作女益無以自主梅率婢媪强衣之挽扶而出見生朝服而拜遂不覺盈盈而亦拜也梅曳入洞房曰虛此位以待君久矣又顧生曰今夜得報恩可好爲之返身欲去女捉其裾梅笑云勿爾我此不能相代也解指脫去青梅事女謹莫敢當夕而女終慙沮不自安

於是母命相呼以夫人然梅終執婢妾禮罔敢懈三年張行取入都過尼菴以五百金爲尼壽尼不受固强之乃受二百金起大士祠建王夫人碑後張仕至侍郎程夫人舉二子一女王夫人四子一女張上書陳情俱封夫人

異史氏曰天生佳麗固將以報名賢而世俗之王公乃留以贈紈袴此造物所必爭也而離離奇奇致作合者費無限經營化工亦良苦矣獨是青夫人能識英雄於塵埃誓嫁之志期以必死曾儼然而冠裳也者顧棄德

行而求膏粱何智出婢子下哉

王漁洋云天下得一知己可以不恨況在閨闥耶青梅張之知己也乃程女者又能知青梅事妙文妙可以傳矣

田七郎

武承休遼陽人喜交遊所與皆知名士夜夢一人告曰子交游徧海內皆濫交耳惟一人可共患難何反不識問之何人曰田七郎非與醒而異之詰朝見所與游輒問七郎客或識爲東村業獵者武敬謁諸家以馬箠撾

門未幾一人出年二十餘貙目蜂腰着膩帢衣皁犢鼻
多白補綴拱手於額而問所自武展姓字且托途中不
快借廬憇息問七郎荅曰即我是也遂延客入見破屋
數椽木岐支壁入一小室虎皮狼蛻懸布楹間更無杌
榻可坐七郎就地設皐比焉武與語言詞樸質大悅之
遽貽金作生計七郎不受固予之七郎受以白母俄頃
將還固辭不受武強之再四母龍鍾而至厲色曰老身
止此兒不欲令事貴客武慚而退歸途輾轉不解其意
適從人於舍後聞母言因以告武先是七郎持金白母

母曰我適睹公子有晦紋必罹奇禍聞之受人知者分
人憂受人恩者急人難富人報人以財貧人報人以義
無故而得重賂不祥恐將取死報於子矣武聞之深歎
母賢然益傾慕七郎翼日設筵招之辭不至武登其堂
坐而索飲七郎自行酒陳鹿脯殊盡情禮越日武邀酬
之乃至欵洽甚懽贈以金卻不受武托購虎皮乃受之
歸視所蓄計不足償思再獵而後獻之入山三日無所
獵獲會妻病守視湯藥不遑操業浹旬妻奄忽以死爲
營齋葬所受金稍稍耗去武親臨唁送禮儀優渥既葬

負弩山林益思所以報武而迄無所得武探得其故輒
勸勿急切望七郎姑一臨存而七郎終以負債爲憾不
肯至武因先索舊藏以速其來七郎檢視故革則蠹蝕
殃敗毛盡脫懊喪益甚武知之馳行其庭極意慰解之
入視敗革曰此亦復佳僕所欲得原不以毛遂抽鞹出
兼邀同往七郎不可乃自歸七郎終念不足以報武裹
糧入山數夜得一虎全而餽之武喜治具請三日留七
郎辭之堅武鍵庭戶使不得出賓客見七郎樸陋竊謂
公子妄交而武周旋七郎殊異諸客爲易新服卻不受
承其寐而潛易之不得已而受之既去其子奉媼命返
新衣索其敝裰武笑曰歸語老姥故衣已拆作履襯矣
自是七郎日以兎鹿相貽招之卽不復至武一日詣七
郎値出獵未返媪出踦門語曰再勿引致吾兒大不懷
好意武敬禮之慚而退半年許家人忽曰七郎爲爭獵
豹毆死人命捉將官裡去武大驚馳視之已械收在獄
見武無言但云此後煩恤老母武慘然出急以重金賂
邑宰又以百金賂讎主月餘無事釋七郎歸母慨然曰
子髮膚受之武公子非老身所得而愛惜者矣但祝公

子終百年無災患即見福七郎欲詣謝武母曰往則往耳見公子勿謝也小恩可謝大恩不可謝七郎見武武溫言慰藉七郎唯唯家人咸怪其疎武喜其誠篤益厚遇之由是恒數日留公子家餽遺輒受不復辭亦不言報會武初度賓從繁多夜舍騰滿武偕七郎臥斗室中三僕即牀下藉芻藁二更向盡諸僕皆睡去兩人猶刺刺語七郎佩刀挂壁間忽自騰出匣數寸許錚錚作響光炯爍如電武驚之七郎亦起問牀下臥者何人武荅皆廝僕七郎曰此中必有惡人武問故七郎曰此刀購

諸異國殺人未嘗濡縷迄今佩三世矣決首至千計尚如新發於硎見惡人則鳴躍當去殺人不遠矣公子宜親君子遠小人或萬一可免武頷之七郎終不樂輾轉牀席武曰災祥數耳何憂之深七郎曰我諸無恐怖徒以有老母在武曰何遽至此七郎曰無則便佳蓋牀下三人一爲林兒是老彌子能爲主人懽一僮僕年十二三武所常役者一李應最拗掘每因細事與公子裂眼爭武恒怒之當夜默念疑必係此人詰旦喚至善言遣令去武長子紳娶王氏一日武他出留林兒居守齋中

菊花方燦新婦意翁出齋庭當叙自詣摘菊林兒突出
勾戲婦欲遁林兒强挾入室婦啼拒色變聲嘶紳奔入
林兒始釋手逃去武歸聞之怒覓林兒竟已不知所之
過二三日始知其投身某御史家某官都中家務皆委
決於弟武以同袍義致書索林兒某弟竟置不發武益
恚質詞邑宰勾牒雖出而隸不捕官亦不問武方憤怒
適七郎至武曰君言驗矣因與告愬七郎顏色慘變終
無一語即逕去武囑幹僕邏察林兒林兒夜歸為邏者
所獲執見武武掠楚之林兒語侵武武叔恒故長者恐

姪暴怒致禍勸不如治以官法武從之縶赴公庭而御
史家刺書郵至宰釋林兒付紀綱以去林兒意益肆倡
言叢衆中誣主人婦與私武無奈之忿塞欲死他日登
御史門俯仰叫罵里舍勸慰令歸逾夜忽有家人白林
兒被人臠割拋尸曠野間武驚喜意氣稍得伸俄聞御
史家訟其叔姪遂偕叔赴質宰不容辯欲笞恒武抗聲
曰殺人莫須有至辱詈縉紳則生實為之無與叔事宰
置不聞武裂眦欲上羣役禁捽之操杖隸皆紳家走狗
恒又老耄籤數未半奄然已死宰見武叔垂斃亦不復

究武號且罵宰亦若弗聞也者遂舁叔歸哀憤無所爲計思欲得七郎謀而七郎更不弔問竊自念待七郎不薄何遽如行路人亦疑殺林兒必七郎轉念果爾胡得不謀於是遣人探諸其家至則扃鐍寂然鄰人並不知耗一日某弟方在內廨與宰關說值晨進薪水忽一樵人至前釋擔抽利刃直奔之某惶急以手格刃刃落斷腕又一刃始決其首宰大驚竄去樵人猶張皇四顧諸役吏急闔署門操杖疾呼樵人乃自剄死紛紛集認識者知爲田七郎也宰驚定始出覆驗見七郎僵臥血泊

中手猶握刃方停葢審視尸忽崛然躍起竟決宰首已而復踣衙官捕其母則亡去已數日矣武聞七郎死馳哭盡哀咸謂其主使七郎武破產夤緣當路始得免七郎尸棄原野三十餘日禽犬環守之武取而厚葬之其子流寓於登變姓爲佟起行伍以軍功至同知將軍歸遼武已八十餘乃指示其父墓焉

異史氏曰一錢不輕受正其一飯不忘者也賢哉母乎七郎者憤未盡雪死猶伸之抑何其神使荊軻能爾則千載無遺恨矣苟有其人可以補天網之漏世道茫茫

恨七郎少也悲矣

羅刹海市

馬駿字龍媒賈人子美丰姿少倜儻喜歌舞輒從梨園子弟以錦帕纏頭美如好女因復有俊人之號十四歲入郡庠即知名父衰老罷賈而居謂生曰數卷書饑不可煮寒不可衣吾兒可仍繼父賈馬由是稍稍權子母從人浮海爲颶風引去數晝夜至一都會其人皆奇醜見馬至以爲妖羣譁而走馬初見其狀大懼迨知國人之駭已也遂反以此欺國人遇飲食者則奔而往人驚

遁則啜其餘久之入山村其間形貌亦有似人者然襤縷如丐馬息樹下村人不敢前但遙望之久之覺馬非噬人者始稍稍近就之馬笑與語其言雖異亦半可解馬遂自陳所自村人喜徧告鄰里客非能搏噬者然奇醜者望望即去終不敢前其來者口鼻位置尚能與中國同共羅漿酒奉焉馬問其相駭之故荅曰嘗聞祖父言西去二萬六千里有中國其人民形象率詭異但耳食之今始信問其何貧曰我國所重不在文章而在形貌其美之極者爲上卿次任民社下焉者亦邀貴人寵

故得鼎烹以養妻子若我輩初生時父母皆以爲不祥往往置棄之其不忍遽棄者皆爲宗嗣耳問此名何國曰大羅刹國都城在北去三十里馬請導往一觀於是雞鳴而興引與俱去天明始達都都以黑石爲牆色如墨樓閣近百尺然少瓦覆以紅石拾其殘塊磨甲上無以異丹砂時値朝退朝中有冠蓋出村人指曰此相國也視之雙耳皆背生鼻三孔睫毛覆目如簾又數騎出曰此大夫也以次各指其官職率鬇鬡怪異然位漸卑醜亦漸殺無何馬歸街衢人望見之譟奔跌蹶如逢怪

物村人百口解說市人始敢遙立既歸國中無大小咸知村有異人於是縉紳大夫爭欲以廣見聞遂令村人要馬然每至一家閽人輒闔戶丈夫女子竊竊自門隙中窺語終一日無敢延見者村人曰此間一執戟官爲先王出使異國所閱人多或不以子爲懼造郎門郎果喜揖爲上賓視其貌如八九十歲人目睛突出鬚卷如蝟曰僕少奉王命出使最多獨未嘗至中華今一百二十餘歲又得睹上國人物此不可不上聞於天子然伏臥林下十餘年不踐朝階早旦爲君勉一行乃具飲饌

修主客禮酒數行出女樂十餘人更番歌舞貌類如夜
叉皆以白錦纏頭拖朱衣及地扮唱不知何詞腔拍恢
詭主人顧而樂之問中國亦有此樂乎曰有主人請擬
其聲遂擊桌爲度一曲主人喜曰異哉聲如鳳鳴龍嘯
得未曾聞翼日趨朝薦諸國王王忻然下詔有二三大
臣言其怪狀恐驚聖體王乃止即出告馬深爲扼腕居
久之與主人飲而醉把劍起舞以煤塗面作張飛主人
以爲美曰請客以張飛見宰相宰相必樂用之厚祿不
難致馬曰嘻游戲猶可何能以面目圖榮顯主人固强

之馬乃諾主人設筵邀當路者飲令馬繪面以待未幾
客至呼馬出見客客訝曰異哉何前媸而今妍也遂與
共飲甚懽馬婆娑歌弋陽曲一座無不傾倒明日交章
薦馬王喜召以旌節既見問中國治安之道馬委曲上
陳大蒙嘉歎賜宴離宮酒酣王曰聞卿善雅樂可使寡
人得而聞之乎馬即起舞亦效白錦纏頭作靡靡之音
王大悅即日拜下大夫時與私宴恩寵殊異久而官僚
百執事頗覺其面目之假所至輒見人耳語不甚與款
洽馬至是孤立惆然不自安遂上疏乞休致不許又告

休沐乃給三月假於是乘傳載金寶復歸山村村人滕行以迎馬以金貲分給舊所與交好者懽聲雷動村人曰吾儕小人受大夫賜明日赴海市當求珍玩用報大夫問海市何地曰海中市四海鮫人集貨珠寶四方十二國均來貿易中多神人遊戲雲霞障天波濤間作貴人自重不敢犯險阻皆以金帛付我輩代購異珍今其期不遠矣問所自知曰每見海上朱鳥來往七日即市馬問行期欲同游矚村人勸使自重馬曰我顧滄海客何畏風濤未幾果有踵門寄貲者遂與裝貲入船船容

數十人平底高欄十人搖櫓激水如箭凡三日遥見水雲幌漾之中樓閣層疊貿遷之舟紛集如蟻少時抵城下視牆上磚皆長與人等敵樓高接雲漢維舟而入見市上所陳奇珍異寶光明射眼多人世所無一少年乘駿馬來市人盡奔避云是東陽三世子世子過目生曰此非異域人即有前馬者來詰鄉籍生揖道左具展邦族世子喜曰既蒙辱臨緣分不淺於是授生騎請與連轡乃出西城方至島岸所騎嘶躍入水生大駭失聲則見海水中分屹如壁立俄睹宮殿玳瑁爲梁魴鱗作瓦

四壁晶明鑑影炫目下馬揖入仰見龍君在上世子啟奏臣游市廛得中華賢士引見大王生前拜舞龍君乃言先生文學士必能衙官屈宋欲煩椽筆賦海市幸無吝珠玉生稽首受命授以水精之硯龍鬣之毫紙光似雪墨氣如蘭生立成千餘言獻殿上龍君擊節曰先生雄才有光水國多矣遂集諸龍族讌集采霞宮酒炙數行龍君執爵而向客曰寡人所憐女未有良匹願累先生先生倘有意乎生離席愧荷唯唯而已龍君顧左右語無何宮人數輩扶女郎出珮環聲動鼓吹暴作拜竟

覗之實仙人也女拜已而去少時酒罷雙鬟挑畫燭導生入副宮女濃粧坐伺珊瑚之牀飾以八寶帳外流蘇綴明珠如斗大衾褥皆香軟天方曙則雛女妖鬟奔入滿側生起趨去朝謝拜為駙馬都尉以其賦馳傳諸海諸海龍君皆專員來賀爭折簡招駙馬飲生衣繡裳駕青虬呵殿而出武士數十騎皆雕弧荷白棓晃耀填擁馬上彈箏車中奏玉三日間徧歷諸海由是龍媒之名譟於四海宮中有玉樹一株圍可合抱本瑩澈如白琉璃中有心淡黃色梢細於臂葉類碧玉厚一錢許細碎

有濃陰常與女嘯咏其下花開滿樹狀類簷蔔每一瓣落鏘然作響拾視之如赤瑙雕鏤光明可愛時有異鳥來鳴毛金碧色尾長於身聲等哀玉惻人肺腑生每聞輒念鄉土因謂女曰亡出三年恩慈間阻每一念及涕膺汗背卿能從我歸乎女曰仙塵路隔不能相依妾亦不忍以魚水之愛奪膝下之歡容徐謀之生聞之泣不自禁女亦歎曰此勢之不能兩全者也明日生自外歸龍君曰聞都尉有故土之思詰旦趣裝可乎生謝曰逆旅孤臣過蒙優寵銜報之誠結於肺腑容暫歸省當圖

復聚耳入暮女置酒話別生訂後會女曰情緣盡矣生大悲女曰歸養雙親見君之孝人生聚散百年猶旦暮耳何用作兒女哀泣此後妾為君貞君為妾義兩地同心即伉儷也何必旦夕相守乃謂之偕老乎若渝此盟婚姻不吉倘慮中饋乏人納婢可耳更有一事相囑自奉裳衣似有佳朕煩君命名生曰其女也耶可名龍宮男耶可名福海女乞一物為信生在羅刹國所得赤玉蓮花一對出以授女女曰三年後四月八日君當泛舟南島還君體嗣女以魚革為囊實以珠寶授生曰珍藏

之數世哭着不盡也天微明王設祖帳餽遺甚豐生拜
別出宮女乘白羊車送諸海涘生上岸下馬女致聲珍
重回車便去少頃便遠海水復合不可復見生乃歸自
浮海去咸謂其已死及至家家人無不詫異幸翁媼無
恙獨妻已他適乃悟龍女守義之言葢已先知也父欲
爲生再婚生不可納婢焉謹志三年之期泛舟島中見
兩兒坐浮水面拍流嬉笑不動亦不沉近引之兒啞然
捉生臂躍入懷中其一大啼似嗔生之不援已者亦引
上之細審之一男一女貌皆婉秀額上花冠綴玉則赤

蓮在焉背有錦囊拆視得書云翁姑計各無恙忽忽三
年紅塵永隔盈盈一水青鳥難通結想爲夢引領成勞
茫茫藍蔚有恨何如也顧念奔月姮娥且虛桂府投梭
織女猶悵銀河我何人斯而能永好興思及此輒復破
涕爲笑別後兩月竟得孿生今已啁啾懷抱頗解笑言
覓棗抓梨不母可活敬以還君所貽赤玉蓮花飾冠作
信膝頭抱兒時猶妾在左右也聞君克踐舊盟意願斯
慰妾此生不二之死靡他奩中珍物不蓄蘭膏鏡裡新
妝久辭粉黛君似征人妾作蕩婦卽置而不御亦何得

謂非琴瑟哉獨計翁姑亦既抱孫曾未一覿新婦揆之情理亦屬缺然歲後阿姑窀穸當往臨穴一盡婦職過此以往則龍宮無恙不少把握之期福海長生或有往還之路伏惟珍重不盡欲言生反復省書攬涕兩兒抱頸曰歸休乎益慟撫之曰兒知家在何許兒泣啼嘔啞言歸生望海中茫茫極天無際霧鬟人渺煙波路窮抱兒返棹悵然遂歸生知母壽不永周身物悉爲預具墓中植松檟百餘逾歲媼果亡靈轝至殯宮有女子衰絰臨穴衆方驚顧忽而風激雷轟繼以急雨轉瞬間已失

所在松柏新植多枯至是皆活福海稍長輒思其母忽自投入海數日始還龍宮以女子不得往時掩戶泣一日晝暝龍女忽入止之曰兒自成家哭泣何爲乃賜八尺珊瑚一樹龍腦香一帖明珠百顆八寶嵌金合一雙爲作嫁資生聞之突入執手啜泣俄頃疾雷破屋女已無矣

異史氏曰花面逢迎世情如鬼嗜痂之癖舉世一轍小慙小好大慚大好若公然帶鬚眉以游都市其不駭而走者蓋幾希矣彼陵陽癡子將抱連城玉向何處哭也

嗚呼顯榮富貴當於蜃樓海市中求之耳

公孫九娘

于七一案連坐被誅者棲霞萊陽兩縣最多一日俘數百人盡戮於演武塲中碧血滿地白骨撐天上官慈悲捐給棺木濟城工肆材木一空以故伏刑東鬼多葬南郊甲寅間有萊陽生至稷下有親友二三人亦在誅數因市楮帛酹奠榛墟就稅舍於下院之僧明日入城營幹日暮未歸忽一少年造室來訪見生不在脫帽登牀着履仰臥僕人問其誰何合眸不對旣而生歸則暮色

朦朧不甚可辨自詣牀下問之瞠目曰我候汝主人絮絮逼問我豈暴客耶生笑曰主人在此少年急起着冠衣而坐極道寒暄聽其音似曾相識急呼燈至則同邑朱生亦死於于七之難者大駭卻走朱曳之云僕與君文字交何寡於情我雖鬼故人之念耿耿不去心今有所瀆願無以異物遂猜薄之生乃坐請所命曰令女甥寡居無耦僕欲得主中饋屢通媒妁輒以無尊長之命爲辭幸無惜齒牙餘惠先是生有甥女早失恃遺生鞠養十五始歸其家俘至濟南聞父被刑驚慟而絕生曰

之笑彎秋月羞暈朝霞實天人也曰可知是大家蝸廬人那如此娟好甥笑曰且是女學士詩詞俱大高昨兒稍得指教九娘微哂曰小婢無端敗壞人教阿舅齒冷也甥又笑曰舅斷絃未續若個小娘子頗能快意否九娘笑奔出曰婢子顛瘋作也遂去言雖近戲而生殊愛好之甥似微察乃曰九娘才貌天下無雙舅倘不以糞壤致猜兒當請諸其母生大悅然慮人鬼難匹女曰無傷彼與舅有夙分生乃出女送之曰五日後月明人靜當遣人往相迓生至戶外不見朱翹首西望月銜半規

昏黃中猶認舊徑見南向一第朱坐門石上起逆曰相待已久寒舍卽勞垂顧遂攜手入殷殷展謝出金爵一晉珠百枚曰他無長物聊代禽儀既而曰家有濁醪但幽室之物不足欵嘉賓柰何生撝謝而退朱送至中途始別生歸僧僕集問生隱之曰言鬼者妄也適赴友人飲耳後五日果見朱來整履搖箑意甚忻適纔至戶庭望塵卽拜少間笑曰君嘉禮既成慶在今夕便煩枉步生曰以無回音尚未致聘何遽成禮朱曰僕已代致之矣生深感荷從與俱去直達臥所則甥女華粧迎笑生

問何時于歸朱云三日矣生乃出所贈珠爲甥助粧女三辭乃受謂生曰兒以舅意白公孫老夫人夫人作大歡喜但言老耄無他骨肉不欲九娘遠嫁期今夜舅往贅諸其家伊家無男子便可同郎拜也朱乃導去村將盡一第門開二人登其堂俄白老夫人至有二青衣扶嫗升階生欲展拜夫人云老朽龍鍾不能爲禮當即脫邊幅乃指畫青衣置酒高會朱乃喚家人另出肴俎列置生前亦別設一壺爲客行觴筵中進饌無異人世然主人自舉殊不勸進既而席罷朱歸青衣導生去入室

則九娘華燭凝待邂逅含情極盡歡眤初九娘母子原解赴都至郡母不堪困苦死九娘亦自剄枕上追述往事哽咽不成眠乃占兩絕云昔日羅裳化作塵空將業果恨前身十年露冷楓林月此夜初逢畫閣春白楊風雨遶孤墳誰想陽臺更作雲忽啟縷金箱裡看血腥猶染舊羅裙天將明即促曰君宜且去勿驚廝僕自此晝來宵往嬖惑殊甚一夕問九娘此村何名曰萊霞里里中多兩處新鬼因以爲名生聞之欷歔女悲曰千里柔魂蓬游無底母子零孤言之愴惻幸念一夕恩義收兒

骨歸葬墓側使百世得所依棲死且不朽生諾之女曰人鬼路殊君亦不宜久滯乃以羅襪贈生揮淚促別生淒然而出忉怛若喪心悵悵不忍歸因過叩朱氏之門朱白足出逆甥亦起雲鬟蓬鬆驚來省問生惆悵移時始述九娘語女曰妗氏不言兒亦夙夜圖之此非人世久居誠非所宜於是相對汍瀾生亦含涕而別叩寓歸寢輾轉申旦欲覓九娘之墓則忘問誌表及夜復往則千墳纍纍竟迷村路歎恨而返展視羅襪着風寸斷腐如灰燼遂治裝東旋半載不能自釋復如稷門冀有所

遇及抵南郊日勢已晚息駕庭樹趨詣叢葬所但見墳兆萬宅迷目榛荒鬼火狐鳴駭人心目驚悼歸舍失意遨遊返轡遂東行里許遥見女郎獨行邱墓間神情意致怪似九娘揮鞭就視果九娘下騎欲語女竟走若不相識再復近之色作怒舉袖自障頓呼九娘則湮然滅矣

異史氏曰香草沉羅血滿胸臆東山珮玦淚漬泥沙古有忠臣孝子至死不諒於君父者公孫九娘豈以負骸骨之託而怨懟不釋於中耶脾鬲間物不能擲以相示

寃乎哉

狐聯

焦生章邱石虹先生之叔弟也讀書園中宵分有二美人來顏色雙絕一可十七八一約十四五撫几展笑焦知其狐正色拒之長者曰君髯如戟何無丈夫氣焦曰僕生平不敢二色女笑曰迂哉子尚守腐局耶下元鬼神凡事皆以黑爲白況牀笫間瑣事乎焦又咄之女知不可動乃曰君名下士妾有一聯請爲屬對能對我自去戊戌同體腹中只欠一點焦凝思不就女笑曰名士固如此乎我代對之可矣己巳連蹤足下何不雙挑一笑而去長山李司寇言之

聊齋志異卷六終